山海經數字幻旅 8

精衛填海

在成長數字教育開發團隊 編繪

全書錄音

中華教育

在一個陽光燦爛的日子裏，靈賢和靈盼乘着小船，悠悠蕩蕩地漂在東海之上曬太陽。温暖的陽光輕柔地灑在他們身上，舒服極了。

靈盼愜意地伸了個懶腰，感歎道：「有太陽真好呀！照在身上暖洋洋的，真舒服！」

靈賢也瞇着眼睛，享受着這美好的時光。

「哎呦，好痛！」一塊小石子「啪」的一下砸在了靈賢的腦袋上，然後骨碌碌地滾到了他的腳邊。

靈賢從愜意中驚醒，氣呼呼地坐起來，緊緊抓着那塊小石子，左看看右瞧瞧，大聲喊道：「是誰砸我？」可周圍除了海浪的聲音，甚麼也沒有。

靈賢帶着一肚子氣來到船頭，抬頭一看，原來是一隻銜着石頭的小鳥。

靈賢一下子跳起來，對着小鳥生氣地大喊：「嘿！你這隻小鳥，為甚麼往我身上扔石子？快給我道歉！」

小鳥聽了，趕忙說道：「對不起，我不是故意的！我忙着填海沒看到下面有人，真是抱歉！」說完，牠就急匆匆地飛走了。

「填海？！」靈賢和靈盼驚訝地瞪大了眼睛，嘴巴也張得大大的。

一隻小小的鳥兒居然要填海，這可太稀奇了！
好奇心一下子被勾了起來，他們騎着乘黃，悄悄地
跟在小鳥後面，想要一探究竟。

他們看到小鳥一趟又一趟地從山上銜來石子和樹枝，然後扔進東海裏，從白天忙到黑夜，一刻也不停歇。

靈賢和靈盼心裏的疑惑越來越多，終於忍不住追上前去，把心中的疑惑一股腦兒地倒了出來。

小鳥停下來，望了一眼無邊無際的大海，眼神裏透着堅定和決絕，緩緩說道：「因為我在這大海裏溺水死了，所以我要把這海填平，不能讓更多的生命死去！我本是炎帝的小女兒女娃，一直對太陽升起的地方充滿了好奇，但是父親每天都有好多事情要忙，沒時間陪我去看看……」

「有一天，我就偷偷地離開家，獨自一人乘船去東海玩。剛開始的時候，大海可美啦，海水藍盈盈的。」

「可沒玩多久，海上突然變了天，湛藍的天空一下子變得烏雲密佈，黑沉沉的，好似要壓下來一樣。洶湧的海浪不停擊打着我的小船。」

「忽然一個大浪打來，我一下子被吞沒在大海之中，溺水而亡了。」

「在那之後，我的精魂化作了這隻鳥，
就是你們現在看到的樣子。」

「於是我日夜往返於發鳩山和東海之間，將發鳩山的石子和樹枝銜到東海去。都是這可惡的東海讓無數生命逝去，我發誓要把這東海填平，不能讓更多的生命白白死去！」精衛的聲音裏帶着一絲憤怒和悲傷。

靈賢和靈盼聽完精衛的講述，心中久久不能平靜。他們既對大海無情吞噬生命感到憤怒，又對女娃的悲慘遭遇心疼不已。同時，他們也被精衛填海的堅定信念深深打動，決定靠自己的力量來幫助精衛更好地完成填海事業。於是靈賢說：「我們去找些草藥給精衛吧！這樣她在填海的時候可以更輕鬆一些！」說完，靈賢和靈盼騎着乘黃，向着天空飛去。

靈賢和靈盼先來到敏山，尋找一種叫蓟柏的草藥。聽說吃了蓟柏，就不再懼怕寒冷，就算冬天再冷，精衞也能保持身體暖暖的。

接着，他們又趕到招搖山，找到了祝餘。這種草藥可神奇了，吃了就不會感到飢餓，這樣即使精衞一連好多天都不吃東西，也夠繼續填海。

在侖者山，他們發現了白咎。精衛吃了它，可以緩解疲勞，疲憊的身體很快就能恢復過來。
侖者山
中曲山
隨後，他們又去中曲山摘到了櫰木果。這果子吃了能增加力氣，精衛就可以收集更多的石子和樹枝。
甘棗山
最後，他們還在甘棗山找到了籜草。吃了它眼睛會變得更明亮，就算在漆黑的夜晚，精衛也能看清楚飛行的路線了。

收集完草藥，靈賢和靈盼再次回到發鳩山，把這些珍貴的草藥全都送給了精衞。

精衞看到靈賢、靈盼如此用心地幫助自己，心裏充滿了感激！帶着靈賢和靈盼的支持，精衞又開始了自己辛苦卻堅定的填海之旅。

靈賢和靈盼抬頭看着天空，只見精衛不知疲倦地飛翔着，嘴裏緊緊銜着樹枝和石子，不停地向東方飛去。沒過多久，牠小小的身影便消失在連綿起伏的山脈之間。靈賢望着天空感歎道：「精衛真是一隻勇敢、有毅力的小鳥，真希望牠能夠實現填海的志向！」靈盼也用力地點點頭。

最後，他們依依不捨地和精衛告別，離開了發鳩山。

再後來，一隻漂亮的海燕被精衞的精神深深感動，決心加入牠填海的隊伍。精衞和海燕還生下了許多可愛的小鳥，這些小鳥和牠們的媽媽一樣勇敢堅毅，也在不停地銜石填海。

隨着「小精衞」們的加入，填平東海的小隊越來越人才濟濟，精衞的使命和精神就這樣一代一代地得以延續和傳承。

動力種子 Magic Bean

沉浸閱讀

多元化內容

主題涵蓋中國傳統文化、歷史、個人成長，內容應有盡有

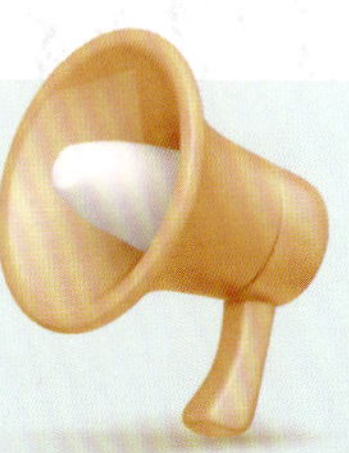

配音隨時聆聽

配有普通話配音，隨時想聽就聽

實體書

電子版

精美圖畫細節滿滿

電子版獨有更寬、更大構圖，呈現更多細節

一個為兒童創作繪本，提供繪本閱讀和創作功能的電子平台。每年更新大量優質繪本，提供有趣的繪本互動功能，更具備獨創繪本「創讀」工具，讓兒童隨時閱讀、隨時創作，激發兒童的閱讀興趣和創造能力。

大量互動功能

一點就變

任意拖動人物互動

長圖拖動變化

豐富閱讀體驗，
讓孩子養成閱讀習慣！

發揮創意

改編、創作兩大模式

配音功能

靈賢

请配音

取消 確定

故事人物個性配音，發掘聲音演繹天賦

創作功能

天馬行空隨意畫，激發孩子想像力

發揮孩子奇思妙想，
深入創造人物，改編精彩故事！

書友交流

分享討論繪本心得

查看好友閱讀動態

分享閱讀樂趣，
知己共同創讀！

即時訂閱，全年暢讀！

掃碼下載試用，了解更多！

山海經數字幻旅 8

精衛填海

在成長數字教育開發團隊　編繪

總策劃　楊江波　周建華
教育顧問　謝錫金　沈雪明
文案設計　王思琪　吳　非　張如婷　李曼琳
插畫設計　王　倩　劉　瑩　顧啟航
配樂創作　楊若辰
技術開發　臧明正　馬一凱　張軍成　劉　爽　祁自豪
地圖繪製　張相偉

責任編輯：潘沛雯
裝幀設計：在成長數字教育開發團隊
排　　版：在成長數字教育開發團隊
印　　務：劉漢舉

出版｜**中華教育**
香港北角英皇道499號北角工業大廈1樓B
電話：(852) 2137 2338 傳真：(852) 2713 8202
電子郵件：info@chunghwabook.com.hk
網址：http://www.chunghwabook.com.hk

發行｜**香港聯合書刊物流有限公司**
香港新界荃灣德士古道220-248號 荃灣工業中心16樓
電話：（852）2150 2100　傳真：（852）2407 3062
電子郵件：info@suplogistics.com.hk

版次｜2025年7月第1版第1次印刷

規格｜16開（244mm x 215mm）

ISBN｜978-988-8914-31-9